고운 내 사람

고운 내 사람

발행일   2022년 11월 11일

지은이   신희자
펴낸이   손형국
펴낸곳   (주)북랩
편집인   선일영   편집   정두철, 배진용, 김현아, 장하영, 류휘석
디자인   이현수, 김민하, 김영주, 안유경, 최성경   제작   박기성, 황동현, 구성우, 권태련
마케팅   김회란, 박진관
출판등록 2004. 12. 1(제2012-000051호)
주소   서울특별시 금천구 가산디지털 1로 168, 우림라이온스밸리 B동 B113~114호, C동 B101호
홈페이지 www.book.co.kr
전화번호 (02)2026-5777   팩스   (02)3159-9637

ISBN   979-11-6836-582-7 03810 (종이책)   979-11-6836-583-4 05810 (전자책)

(주)북랩 성공출판의 파트너

북랩 홈페이지와 패밀리 사이트에서 다양한 출판 솔루션을 만나 보세요!

홈페이지 book.co.kr   •   **블로그** blog.naver.com/essaybook   •   **출판문의** book@book.co.kr

작가 연락처 문의 ▶ ask.book.co.kr

작가 연락처는 개인정보이므로 북랩에서 알려드릴 수 없습니다.

고운 내 사람

신희자 지음

북랩

좋은 시를 써서 감동을 드리고 싶습니다.
좋은 시를 써서 희망을 드리고 싶습니다.
좋은 시를 써서 사랑을 받을 수 있는
시인으로 거듭나겠습니다.

파란 하늘 아래 늘 푸른 나무와 아름다운 꽃들이
함께 어우러진 이번 시집은
많은 분들께 사랑과 행운을 가득 채워 드리고 싶은
시인의 진실한 바람입니다.

차례

3부 파란 날개를 달고

4부 나무와 별

1 부

———

들꽃 사랑

삼백육십오일 중에 하루

머나먼 하늘나라로 님을 보내고 오는 들길에 하얀 들꽃이
님을 너무 닮아
그 자리에 주저앉아 한참을 울었오
떠나는 님이여
언제나 만날 수 있으리오
눈물 속에 떨어지는 하얀 들꽃
님의 모습 영원히 간직하오

무지개 뜨는 강 건너 님의 모습을 사무치도록 바라보리오
못다 한 사랑이
님의 향기 떠다니는 꽃잎에 울었오
떠나간 님이여
함께 한 그 세월 바람 타고
멀리멀리 사라지니 남은 세상
님의 모습 영원히 간직하오

고운 내 사람

삼백육십오일 중에 하루만이라도 좋으니
꼭 꿈속으로 와주시오
내가 살아가는 동안 님의 그리움으로 살아가니
이 사랑 땅끝에 닿는 날
님은 하얀 들꽃으로
나는 하얀 바람으로
영원히 헤어지지 않으리오

들꽃과 민들레

난 들꽃이야
넌
민들레구나
그래도 우린 친구야
오늘은 바람이 분다
살랑살랑 부는 바람 너무 좋아
너도 좋지

고운 내 사람

너는 어때

입으로는 노래하고
머리로는
네 생각만 해

너는 어때

늘 궁금하고
늘 보고 싶고
내 마음에 활짝 핀 꽃은
너뿐이야

그냥 꽃이고 싶어

흐르는 건 시간인데
멈춰버린 건
너에 대한 생각뿐이야

내 머릿속 너는 변한 게 없는데
거울 속 나는
주름만 깊어지고 있어

가로수 아래 민들레는
널 많이 닮았어
난 이제 할미꽃인데

고운 내 사람

널 만나는 날까진
할미꽃이라도
좋으니
그냥 꽃이고 싶어

벚꽃 길

벚꽃 휘날리는 그날은
벚꽃 잎만큼이나 행복하다

머리 위에 어깨 위에 예쁜 수를 놓고
사랑스러운 내님 손잡고
끝이 보이지 않는 이 길을 걷는다

서로의 별빛 같은 눈을 바라보며
함께 할 것을 약속하고

벚꽃 휘날리는 이 길은
우리 생에 최고의 선물이 된다

고운 내 사람

당신 생각

매일 매일 꿈속에
보이는 당신은
내 마음 깊은 곳에
그대로 있어요
할 말이 너무 많은
오늘도 거리엔
꽃잎들만 흩어지며
눈물 고여요
조용히 조용히
내 곁에 오신
당신의 그 마음
언제나 눈물
먼 훗날 지나도
당신 생각합니다

이팝나무

순박하게 덮여있는 하얀 꽃구름
우뚝 서 있는 이팝나무
순백의 꽃밥이 주렁주렁
너도나도 행복하여라

봄의 푸르름이 화창하고
여름으로 걷는 길
하얀 꽃송이 깨끗한 사랑
모든 사람의 기쁨이 되어
활짝 피었네

고운 내 사람

착한 나무야
이팝나무야
엄마를 닮은 소박한 나무야

오늘도 하얀 쌀밥을
소복이 만들어준
엄마처럼
이팝나무의 사랑이 향기롭다

못난 사랑

죽어서 가지면 무엇 하나
못난 사랑
그립다 그립다
눈물만 바다인 걸

시간이 흐르면 무엇 하나
못난 사랑
못 잊어 못 잊어
오로지 당신만을

고운 내 사람

흐르고 흘러도
멈추지 않는 사랑
못난 사랑

날아도 날아도
찾을 수 없는 사랑
못난 사랑

제비꽃 사랑

아침이 활짝 핀 오늘
바람은 왜일까
작은 제비꽃이 아주 살짝 고개를 들었다

제비꽃처럼 아주 작은 사랑을 했다
오랜 시간 달리는 인생열차
잠깐 멈춘 간이역에서 제비꽃이 웃고 있었다

수줍어 고개를 숙이고
작은 꽃 앞에 고백하지 못한 수줍던 사랑

달리는 들녘 너머로 멀어지는 아쉬운 사랑
추억 속으로 가버린 제비꽃 당신

고운 내 사람

가녀린 작은 가슴에 작은 제비꽃만
시리도록 안겨있다

들꽃처럼

기다림
그리움
그건 사랑이래요
달빛이 노래하고
별빛이 내려오고
눈물이 흐르는 건
그건 사랑이래요

그냥 그대 좋아하는 들꽃처럼
기다릴래요
그냥 그대 좋아하는 들꽃처럼
그리워할래요
흐르는 눈물이 바다가 된다 해도
그대를 사랑할래요

고운 내 사람

목련꽃

목련꽃 벙긋이 웃음 필 때
떠오르는 얼굴 하나
봄이면 피어나는
그리운 얼굴

하얀 잎을 담은 그리움
목련꽃 그늘 눈을 감는다
속삭이듯 들리는 새소리
봄을 맞이하는 계절에
그리운 시 한 편 그 잎에 담는다

목련꽃 맞이하는 이내 마음은
그리움 담은 한 송이 목련꽃이라네

고운 내 사람

모시 삼베 곱게 다려 입고
천상에서 내린 선물 받고
꿈속에 보았던 그 길로
떠나는가 보다

어이야 어이야
어이야 어이야
고운사람 어여쁜 사람

슬프다 슬프다
내 맘 모른 체
꿈길로 떠나나보다

보고프면 어찌하나
눈물 나면 어찌하나
고운 내 사람

내가 너일까

잡초에 키 큰 꽃
비바람 불어도 서 있구나
비 온 뒤 젖은 뜰에
네 모습 보는 내가 너일까
온종일 네 곁에서 애틋함으로
묻히는 발길
해 저무는 들에 네 모습
영원히 잊지 않으려무나

고운 내 사람

돌 틈에 작은 꽃
궂은비 내려도 예쁘구나
몸서리치던 들에
네 곁에 있는 내가 너일까
오늘도 흔들리는 기다림으로
서 있는 모습
별빛 속에 가는 네 모습
영원히 잊지 않으려무나

그리운 날

그대가 흠뻑 그리운 날에는
나는 바람이 되고
나는 꽃이 되어
그대 곁에 머물고 싶어라
그것만으로 행복하리라

고운 내 사람

비 오는 시간

오늘 비가 온다
난 비 오는 날을 좋아한다

삶이라 열심히 살아보지만
모든 게 내 만족은 아니다

나이가 든다는 거 싫다
내 젊음이 아쉽다

그래도 시간은 날 봐주지 않겠지

엄마 딸

눈만 뜨면 듣는 귀찮은 소리인 줄로만
생각했습니다
혹 몰라서 지나치고 큰일 날까 봐
하나라도 더 알려주려 하는 줄도 모르고 화만 냈습니다
딸이 갖는 특별한 자격 마냥
미운 눈빛 미운 말만 했습니다
엄마의 소중한 일컬음
지나칠 뻔했습니다
소중한 딸이 엄마에게 보여준
어리석은 시절 너무 늦은 후회만 스칩니다
얼마나 속상하셨을까
그 마음 보듬어 치유해주지 못한 못난 딸이
지금에 와서
울컥울컥 눈물이 납니다

고운 내 사람

어느덧 시간이 흘러 주름져 가는 얼굴로
저도 딸에게 잔소리만 하고 있습니다

잡지 못한 세월
훨씬 커버린 딸은 잔소리만 합니다
아프면 병원 가고
늙지도 말고 젊어지라고
엄마는 젊어지는 약이 없습니다
딸의 잔소리가 싫습니다
그저 예쁜 딸의 목소리만 듣고 싶습니다
오늘도 울리는 전화기에
들리는 딸의 목소리
엄마 몸 좀 챙기세요 아프면 안 된다고
아주 부드러운 말로 말합니다
거울 속 엄마의 얼굴이 환하게 웃고 있습니다

오래오래 살고 싶습니다
울 딸의 모습을 아주 오랫동안 보고 싶습니다

하얀 드레스

눈부시게 아름다운 봄날
하얀 드레스 입은 그녀는 나의 꿈
온 누리 꽃잎
먼 하늘까지 날아올라
흐드러지는 벚꽃 봄날의 찬연한 꿈
변치 않을 우리의 사랑
영원히 함께할 것을 맹세합니다

고운 내 사람

라일락꽃이 될래요

내가 죽도록 보고프면
라일락꽃에 안겨보세요
내가 죽도록 그리우면
라일락 향기로 취해보세요

연보랏빛 라일락이 지는 날에는
두 눈을 감아보세요
짙은 향기가 바로 나예요

라일락꽃이 될래요
당신을 설레게 하는 은은한 모습으로
라일락꽃이 될래요
당신을 취하게 하는 짙은 향기로

젖은 새

검정 우산 위로 톡톡톡 내리치는 빗물
쌓인 낙엽 위에 앉아 우는 젖은 새를
보았습니다
오늘도 하루가 지났습니다
이렇게 누군가를 그리워한다는 것이
사랑일까요
바람이 지나갑니다
오늘따라 더더욱 그려지는
당신은 빗물입니다

고운 내 사람

봄비

서러워 우나보다
시끄럽다고 소리 지르려다가 참아본다
무엇이 그리 서글픈 건가

기뻐서 우나보다
꽃망울에 스며드니 꽃이 핀다
무엇이 그리 기쁠까

봄이 오는 길에 비를 만났다
서러워하지 마라
꽃처럼 기뻐하면 좋지

그리움 맞죠

똑똑똑
또 당신입니까
그리움 그리움
맞죠

똑똑똑
네 맞아요
당신에게 남기는 그리움
너무 미안합니다

똑똑똑
서럽도록 서럽도록
사무치게 그리워서
또 왔습니다
그리움 당신 때문에

고운 내 사람

살다 보면

살다 보면 잊을까
그렇게 생각했다
그런데 그게 아니었다
발길이 닿는 곳마다
뾰족이 솟아오른
들꽃으로
마음 한쪽에
자리 잡고
잊고 싶다 하면
처연하게 고개 들며
아무렇지 않은 듯
자리 잡는다

아카시아

초록 나무 어린 시절
하얀 꽃몽 숨은 사랑
묘하게도 향기 나는
아카시아 꽃이 피네

아카시아 꽃향기에
아름답던 그대 생각
다시 못 올 옛 추억이
첫눈처럼 내려오네

고운 내 사람

하얀 기억 꿈속 사랑
햇볕 가득 따스한 날
밀려드는 애달픔이
달빛처럼 향기롭네

마른나무 예쁜 순정
가시 돋친 나뭇가지
소쩍새들 울음 따라
가슴 깊이 꽃이 피네

살구꽃 향기

어머니 산고 소리 내어서 태어나고
아버지 동네방네 웃음에 기뻐하고
문지방 지나는 아가 눈까풀 깜박이네

살구꽃 화사하다 한 아름 꺾어주고
참살구 주황빛알 주머니 넣어주며
버들잎 그늘 아래서 아가야 쉬어가자

어버이 주름진 손 참나무 껍질 같아
살구꽃 향기 나듯 눈물을 흘리는데
어버이 마음 산같이 들고서 떠납니다

고운 내 사람

어머니 모습

복사꽃 휘날리는 날
집 앞에 서 계시던 어머니
꽃잎들이 머리 위에 앉을 때
누구를 기다리시나
먼 곳을 보시네

아마도 집 떠난 자식을
기다리고 계셨나 보다
이제는 볼 수 없는 어머니 모습
오늘도 복사꽃 아득히 내려온다

그리움

난 가끔 꿈을 꾼다
보고 싶은
내 엄마를 꿈에서 만난다
온 머리가 뻗치도록
그리움에 눈물이 난 적도 있다
누가 감히 그리움이라 하나
너와 나의 그리움이 서로 다르다

고운 내 사람

벚꽃이 지고 난 후

벚꽃이 지고 난 후
느껴지는 진한 추억

그대 벚꽃이여
봄이면
아름다운 그대 모습
눈부십니다

일 년 동안
그대 기다립니다

찬란하게 피어날
그대 벚꽃이여

2
부

———

바람과 꽃의 인연

일단 시간은 길게 잡았는데

오늘도
꿈속에 와줄 건지
당신을 안 본 지가 일 년이야
십 년이 지나도
이십 년이 지나도
매일 기다릴 것 같은데
삼십 년 후부터는
잊어보려고

매일 궁금한 건
당신도 나랑 같은 마음인지
꿈속에서 날 보는지
십 년 이십 년 삼십 년이 지나면 잊을 건지

고운 내 사람

일단 시간은 길게 잡았는데
장담은 못해
죽는 날까지
생각날 수도 있겠지
매일 밤 꿈속에서 만날 것 같기도 하고

나랑 당신이랑 같은 마음이겠지
우리 헤어지는 그날
당신의 눈빛을 보고 느꼈어
내가 당신을 사랑한 것도
당신이 나를 사랑한 것도
긴 시간 추억으로 간직해야 한다는 걸

난 지금 시를 쓰고 있어
당신에 대한
그리움으로 써 내려가는 시를 말이야

인연

천년의 물처럼 흐르는 사람들 중
우리가 만난 건 인연 아니겠는가
함부로 여기고 아닌 것 마냥 지나쳐도 안 되지 않는가

아가야
불리며 우는 게 일이요
눈만 껌뻑이며 쳐다만 본 아이
어느새 컸다고 말대답하고
이제 나보다 훌쩍 자란 너희들
그것이 인연이라
그중 제일 소중한 천륜이 아닌가

속절없이 나이 들어 보니
철들어 가는 시간이

고운 내 사람

왜 이리 늦었나
못내 아쉽더라

사랑한 사람도 인연
가슴 깊은 곳에 숨겨놨더니
예쁘지 않은 흰 머리가 슬퍼지더라
이제는 기다림의 이유가 없으니
해마다 오는 들꽃에 너를 놓아준다

세상과 멀어질 때
웃음이 날까
눈물이 날까
못내 울기만 할 것 같다

인연이란 참으로 소중한 것이다
내 몸이 하늘로 날아오를 때까지
인연의 끈을 놓을 수 없다

사랑해요

사랑해요 떠나지 말아요
그대 눈에 흘린 눈물 때문에
마음이 아파요
내 모든 것을 줄게요
가지 말아요

어떡해요 떠나지 말아요
그대 눈에 어린 얼굴 때문에
마음이 아파요
내 모든 사랑 줄게요
가지 말아요

만남과 헤어지는 이 모든 일이 운명이라면
처음 행복했던 그때 그 사랑을 기억해요
그대와 나 헤어질 수 없는 그 모습 그대로 돌아가요

고운 내 사람

복수초

수줍은 내님 기다리다
못 참고 꽃으로 피었네

한겨울 내내 기다리다 지쳐
내님 찾아 나섰구나

그래도 어여쁘게 보이려고
단장하고 나왔는데

내님이 모른 척 지나치면
나는 나는 어이 하나

바람처럼 구름처럼

불다가 머물다가
결국엔
허무한 인생
덧없는 인생
덮고
돌아올 수 없는 곳으로
가는 것이 마지막 길
부질없는 생이로다

그래도
담아둘 것이 있으니
눈을 감아도 보고픈
사랑하는 사람이로다

고운 내 사람

나 없는 세상 살거든
후회 없이 사시오
그리 길지도 않은 길
덧없다는 걸
말해서 무엇 하리오

사랑하는 사람이여
활짝 핀 꽃처럼
푸른 하늘 새들처럼
늘 행복한 사람으로
살아주시오

내님께 보내주오

폭풍처럼 지나는 세월 속에
바람처럼 지나는 인생길에

님 그리는 마음 담아
하늘에 고백 하나이다

일편단심 님 향한 이내 심정
외면하지 마시고

장미꽃 붉은 향기로
내님께 보내 주오

고운 내 사람

더 이상은 못 가오

나는 나는 못 가오
더 이상은 못 가오
고개 넘어 구름 넘어일세

구름이 몰고 온 소나기가
개울물 채우고
산수유 붉은 가지 손짓하고

나는 나는 못 가오
세월이 백발이 돼도
더 이상은 못 가오

다른 곳에 있어도

다른 곳에 있어도
계속
생각난대

그 사람이

고운 내 사람

장대비

쏴쏴쏴 장대비가 운다
가슴이 절규하는 소리
내리치는 빗줄기
안간힘을 써 붙잡아 보지만
잎사귀는 무참히 떨어지고 밟힌다

임은 떠났다
가슴은 몸부림치고
매몰차게 떨어진 낙엽
쌓여만 간다
그리움만 외로움만
쏴쏴쏴 장대비가 내린다

자주색 한복

어머니 고운 모습으로
장롱 속에 자주색 한복 고이 접어 들여놓고
손길로 매만지던 서글펐던 우리 어머니

산 넘고 강 건너
가을새 노래하니
매일 매일 술독에 속 태우던
아버지 멋진 양복에 폼 잡으시고
고운 어머니 손 잡고 나들이길 가시나 보네

흥얼거리는 아버지 노랫가락에
코스모스 언덕 꽃길 따라 멀어지는 어머니 모습
아버지 아버지는 왜 어머니를 슬프게 했나요

고운 내 사람

곱디고운 어머니가 여린 분단장에

자주색 한복 곱게 펴서

반짝이 브로치 앞 고름에 꽂고

아버지 손잡고 수줍게 웃고 있잖아요

사랑이 서툴던 옛날엔

수줍게 웃는 건 사랑이란 말이에요

코스모스 꽃잎으로 여울져

달님 속에 아롱아롱 새겨 천년이든 만년이든

달처럼 고운 어머니가 웃을 수 있도록 해주세요

바람의 추억

앞산과 뒤뜰에 뛰어놀던
너는너는 누구일까
앞마당 개울물에 빨래를 하고
송충이 굼실굼실 춤추던 때
호도나무 장승처럼 우뚝 서 있고
슬피 우는 산새 소리가 들려오던 곳
그 옛날 그 시절은 눈물이어라
눈감으면 스치는 바람 같은 추억이라
새벽녘 이슬 같은 눈물이어라

굽이굽이 돌아온 한 세월에
내 진정 온 마음 다한 옛 노래가
낡아버린 앨범 속에 추억이 되는구나

고운 내 사람

뒷산과 앞뜰에 앉아있던
너는너는 누구일까
뒷마당 우물가에 물지게 지고
민들레 후후후후 불어대던
살구나무 바람결에 흩어지던 곳
슬피 우는 산새 소리가 들려오던 곳
그 옛날 그 시절은 눈물이어라
눈감으면 스치는 바람 같은 추억이라
새벽녘 이슬 같은 눈물이어라

굽이굽이 살아온 인생길에
내 진정 온 마음 다한 옛 노래가
낡아버린 앨범 속에 추억이 되는구나

봄이 좋은 이유는

비가 내리면 피겠지
추운 겨울 숨었던 꽃들이

호호 불던 입김
님을 부른 아지랑이 되고
가슴 가득 피어난 봄꽃
하늘을 맞이한다

사나운 비가 쏟아지면
꽃잎은 대지를 덮겠지

봄이 좋은 이유는
아름다운 꽃을 선물 받기 때문이다
하늘은 푸르고

고운 내 사람

땅이 곱디고운 이유는
이 봄
그대들을 맞이할
꽃들이 행복하기 때문이다

나비 소녀

파란 하늘 활짝 웃으며
싱그러운 향기를 퍼뜨리며
고개를 바짝 드는 꽃술 위에
파랑 하얀 나비들 사뿐히 날아든다

예쁜 나비들 중에서 하늘빛 화장하고
구름밭 요정의 날개옷을 입은 나비는
소녀와 무척 재미나게 술래잡기한다

나비가 팔랑이다 비상하면
소녀도 팔랑이다 날아보고
나비가 날개 접고 꽃술 위에 앉으면
소녀도 조용히 따라 한다

고운 내 사람

한동안 서로 엎치락뒤치락
약 올라 삐치기도 하고

하늘은 더욱 깊숙이 파랗고
구름은 더욱 포근히 하얗고
나비와 소녀는 오늘의 만남을
영원히 잊고 싶은 생각이 없다

임

한 줌 흙 되어 가는 날
슬픔이 무너지네
어쩌면 보지 못할 임께
줄 것이 없네
임 따라 같이 우네
슬퍼 말고 가시게나

슬픈 곡소리 퍼지고
한참을 울 것 같네
인생이 부질없다 한들
섭섭해 말게
임 따라 같이 가네
울지 말고 가시게나

고운 내 사람

잠 못 드는 밤

낮에는 들꽃으로
밤에는 별빛으로
두 손 가득 달님을 안았지

하늘이 땅이 되던 날
숨 막히는 무서움의 기억
밤마다 다가오는 호랑이 그림자

잠 못 드는 밤
들꽃의 이름으로
별빛의 눈빛으로
달님의 추억으로
이젠 강한 내가 되었네

내년 봄에 다시 만나자

봄이라고 예쁜 시만 쓸 수는 없네
이렇게 푸른 날에도
그리움만 있는 걸
꽃을 보고 슬퍼할 수는 없네

봄이라고 피는 꽃들은
서로 헤어지지 않을 수 있겠는가
그래도 시간은 그리움을 안고
내년 봄에 다시 만나자 하네

고운 내 사람

연분홍 꽃잎

연분홍 꽃잎들이 춤을 추네
한 송이 꽃 속에 임 얼굴 보이네

한 잎 한 잎 내려올 때
임 모습 지우려 하네
내리는 꽃잎 속에 임 얼굴 지우고

연분홍 꽃잎들이 춤추는 봄엔
임 모습 다시 볼 수 있겠네

깨달음

하늘이 피고 지는 것은 하늘이라 하고
땅이 피고 지는 것은 땅이라 하고
사람이 피고 지는 것은 인생이라 하니
이 모든 것은 깨달음이다

고운 내 사람

사랑합니다

사랑합니다
사랑합니다
백만 번 천만 번 끝없이
매일 매일
당신이 원한다면
말해드리겠습니다

3
부

파란 날개를 달고

사랑 뭘까

사랑
글쎄
뭘까
사는 동안
가장 갖고 싶은 것 아닐까

고운 내 사람

비처럼 들꽃처럼

비 내리는 거리에서
비처럼 들꽃처럼
펑펑 울었어
사람들은 몰라
내가 왜 우는지
너도 울었으면 좋겠어
나처럼
그래야 널 영원히
잊지 않을 거야

고향

뜸부기 노랫소리 질박하게
듣던 어린 소녀는
중발 머리 작은 치마 폴폴 날리며
들녘 논두렁에 집을 짓는 풀빛 메뚜기 개구리
그들과 함께 미래의 꿈을 키웠다

뻐꾸기 요란스러운 방촌에는
오선지 위에 바람 소리 풍성하고
빡빡머리 어린 소년은 고무신이
찢어지도록 날쌔게 달리고

해거름 진 산자락에는
살살살 흔들리는 강아지풀 사이로
반딧불 반짝이는 추억이 오달지다
그때가 그리워라 그리워라

고운 내 사람

복을 주는 귀한 손님인 줄 알았던 까치는
아늑한 어귀 감나무에 앉아
백년가약하고 먼 곳으로 떠난
보고픈 사람 소식을 떠들썩 전해주더라

누군가 죽고 나면 울어주는
까마귀인 줄 알았는데
몇 해 동안 살펴보니 그렇지는 않더라
고향 집 고목나무를 지켜 서서
반가운 사람 오는 길을 시끌시끌 반겨주더라
그곳이 그리워라 그리워라

다 그런 거지 뭐

살다 보면 인생이 다 그런 거지 뭐
운명 앞에 사랑이 다 그런 거지 뭐

잡다가도 놓치는 게 행복이지
꽃잎처럼 흔들리면 애달픈걸
달빛처럼 천년세월 살아보자
사랑 안에 멈춰버린 청춘처럼

살다 보면 인생이 다 그런 거지 뭐
운명 앞에 사랑이 다 그런 거지 뭐

고운 내 사람

나그네 길

무심한 달빛 세월만 흐르고
불안한 마음 기댈 곳 없어라
갈대처럼 흔들리는 외로운 나그네
서성이는 그 길에서 무엇을 생각하는가
별거 아닌 비바람이 온몸을 적셔도
꽃피고 바람 부는 이 길을 나는 가네

그냥 이대로

내가
너를 생각하는 법은
봄을 새는 일밖에 한 게 없는 거 같아

유난히도
비 오는 밤이 좋았던 건
네 생각이 더욱더 진했기 때문이야

앞으로도
긴 세월을 눈먼 그리움으로 보내겠지

그래도
그냥 이대로가 좋은 건
내 마음으로만 널 보고 있어서야

고운 내 사람

빌딩

높게 올린다
뭐 그리 볼 게 있다고
높은 게 뭐 그리 좋다고 뜬구름 잡지 말고
낮은 거부터 돌아보세나

진달래

산속에 진달래
호젓이 서 있는 사람들 시선
어여뻐라 어여뻐라
찐분홍 달래인 줄만 알았는데 연분홍 진달래에
마음 뺏기었구나
하얀 구름 안에
실려 올린 굽이굽이 도는 이야기

한 걸음 두 걸음 지친 발걸음
부처 향한 애달픈 중생이여
꽃잎 지는 소리에
다시 피는 하얀 그리움을 보았는가
봄마다 밟아보는 돌덩이 길
산자락에 펼쳐내는
고행의 해탈

고운 내 사람

나도 그대들도 오늘은 떨치리라

번뇌에 잡힌 육체

바람에 날려 보내리라

꽃

저 혼자 목을 빼고
하늘을 바라보고
바람에 흔들리는
한 떨기 꽃송이여

그림자 흠칫 놀라
수줍음 가득하다

그 모습 조심스레
볼 빨간 잎사귀에
입맞춤해 보련다

고운 내 사람

나는 땅이 될 것입니다

하늘과 땅이 축복하던 날
세상을 위해 이유도 없이 나왔습니다
흙과 같이 돌아갈 난
꽃은 피워 보고 가렵니다
세상 모든 것이 행복해질 때 나는 땅이 될 것입니다

양귀비꽃

누구든지 유혹하나
언니도 홀려서 사 왔나
빨간 양귀비꽃

흰머리 감추려 해도
감출 수 없네
세월 따라 변하는 마음
양귀비꽃에 달래나 보네

내 웃음도 빨간 양귀비에 홀리네

응애 응애

응애 응애
세상 문을 박차던 날
또 하나의 인연이 만들어지고
방글방글 바라보는 네 모습에
굳은 결심을 했지
열심히 살아보자고

말하지 마

쉿 말하지 마
남을 아프게 하는 말은
안 하는 게 좋아
너 혼자
사는 거 아닌 거 알지

모른다고
아 그래
그럼 배우고 경험해야지
그보다
좋은 일은 없을 거야

싫다고
그건 안되지

고운 내 사람

모든 건
자신을 위해서인걸
인간은 도리라는 게 있는 거야

알겠다고
음 좋지
다 함께 좋은 거야
반갑다
그리고 고맙다

마음

내가 꿰뚫었다
네 마음을
들켰다고 생각하니

고운 내 사람

꽃송이여

한낮에
웃음 핀 꽃송이여
그 자태가 밝아 햇살이 예쁜 빛깔로 새기는구나

한밤에
울며 핀 꽃송이여
그 자태가 맑아 이슬이 고운 눈물로 적시는구나

밤낮에
살며시 핀 꽃송이여
모두 모여 아름답게 노래하세

청춘

자글자글한 손등
멈칫 잡기 어려운
가시덤불 세월
가을빛에 물들어
떨어지는 나뭇잎처럼
푸르던 청춘을 불러본다

내 젊은 청춘아
난 널 보고 싶다

고운 내 사람

한 마리 산새

푸른 산이 보여요
저 높은 곳에 걸친 달빛 꽃을 향하여
한 마리 산새가 되어 날아갑니다

푸른 산 위에 달빛 꽃은
흰 눈이 내릴 때
간혹 간혹 피었다 사라지고

한 마리 산새는
달빛 꽃을 찾아 돌아온다고
날개를 퍼덕입니다

기다림

바람 부는 거리에 낙엽
초연해진 나무는 이별
멀어져간 그 님은 사랑
홀로 남은 마음은 고독
가을 따라 가버린 그대
다시 올 날 기다려 보네

고운 내 사람

그 사람은 라일락꽃이었다

길가에 어느 집 라일락꽃
담장 너머로 손을 뻗었다

낯선 거리 그저 그렇게 지나는 타인들
라일락꽃이 부르는 계절
그 사람이 하염없이 보고 싶다

그 사람은 라일락꽃이었다

상원사

산죽나무 우거진 끝없이 열리는 험난한 길
거친 발걸음으로 하늘길을 향해 걷는다
까악 뽀리릭 이름 모를 새소리 요란하고
이곳저곳 사람 소리 불어오는 선한 바람은
이 힘든 산행에 왜 온 걸까 후회하게 만들고
몹쓸 놈의 욕심을 버리고 행복한 여생을 바라본다

정할 수 없는 인생길 서성이는 사람들
머릿속은 불 화산처럼 용트림하고
어리석은 생각 다시는 하지 않길 바라면서
오른 산길 오묘한 자연의 신비와 산의 전령 소리
험한 비탈 간간이 물소리 시원하고 푸른빛 나무와
예사롭지 않은 관중의 모습은 사람의 손길을 유혹한다

참아야 하는 인내 이루려는 의지 닦으려는 심장의 떨림
관중의 모습은 공포의 엄습과 자연의 거대한 이치를 깨우쳐 준다

거친 비바람과 모진 세월에도 꿋꿋한 나무들은 여러 모습을 하
고 있다
저처럼 뚝심 있게 살아보면 좋을 걸
작은 비바람과 짧은 세월에 쓰러지는 사람들
소원하는 뜻을 이루고 싶다는 생각에 눈치 보며
적는 이름과 생년월일 빌고 또 빌어보는 진심 어린 소원

상원사 도착을 알리는 세 번의 종소리
산의 전령과 신께 간절하게 빌어본다

내려오는 길은 수월 하겠지 빠른 걸음으로 재촉하고
어두운 산의 울림은 무섭게 뒤따라오고 마음은 불안 조급하다
뒤에 처지는 저들을 멀리하고 미친 듯이 아주 미친 듯이 산에
서 내려왔다
다리는 터덜터덜 풀리고 깊은 신음 소리는 끊임없이 나오고
뭔가 해냈다는 심장은 쾅쾅쾅 벅차다
부디 생각나는 고뇌와 삶이여 자유의 몸으로 나를 이끌어주렴

꽃집

지나는 길 꽃집 앞
잠시나마 넋이 나간 듯 바라본다

이곳저곳 이쁜 자태
그중
눈 맞춤을 하는 저 아이

조그만 화분
푸른 잎
노랗고
동그란
꽃

꽃집 문이 닫혔다
내일은 저 아이를 꼭 데려가야지

　　　　　　　　　　　　　고운 내 사람

이름 없는 아이면

예쁜 이름을 지어야지

우울해

기분이 나빴어
좋아하는 꽃을 봐도 우울해
늦은 저녁 목욕탕에 갔어
뜨거운 물에 몸을 씻고
차가운 물에 들어갔어
그러니 조금은 괜찮아지더군

고운 내 사람

행복

참으로 멋진 일입니다
함께 나눌 벗이 된다는 것 말입니다
참으로 기쁜 일입니다
그대를 알게 된다는 것 말입니다
참으로 좋은 일입니다
꿈을 찾게 된 것 말입니다
참으로 감사한 일입니다
사랑을 갖게 된 것 말입니다

우리는 나누어야 합니다
우리는 알아야 합니다
우리는 찾아야 합니다
우리는 사랑해야 합니다

그래야 행복합니다

눈 빨간 물고기

푸른 바다 깊은 곳에는
늘 바깥세상을 꿈꾸는
눈 빨간 물고기가 살았어

매일 매일 울었을까
눈알이 늘 부어 빨간 구슬 같았지
아빠 물고기는 늘 말했지
밖으로 나가면 죽는다고

그래도 눈 빨간 물고기는 나가고 싶었어
넓은 세상에 있는 나무와 꽃을 만나고 싶었지
그중 제일 만나고 싶은 건 사람들이었어

눈 빨간 물고기 아빠는
사람들이 아주 무섭다고 알고 있었어

고운 내 사람

그래서 눈 빨간 물고기에게 말해줬지
사람들은 이 세상에서 제일 무섭고
널 잡아먹는다고

그래도 눈 빨간 물고기는
아빠 말을 믿고 싶지 않았어
어느 날 눈 빨간 물고기는 힘껏 헤엄을
치면서 밖으로 나가고 있었어

아빠 물고기는 온 힘을 다해
눈 빨간 물고기를 앞질렀지
그러고는 말해 줬어

아빠가 먼저 보고 올게
그다음에 같이 가기로 약속하자

아빠는 약속을 잘 지키잖아

눈 빨간 물고기는 꼬리를 흔들었지
아빠 물고기는 밖으로 헤엄쳐 나갔어
며칠을 기다리던 눈 빨간 물고기는
더 이상 아빠 물고기가 오지 못한다는 걸 알아버렸어

밖으로 힘차게 헤엄치던 눈 빨간 물고기는
아빠 물고기가 한 말이 생각났어
나가면 죽는다고 거긴 엄청 무서운
사람들이 살고 있다고

눈 빨간 물고기는 매일 매일 울기만 했지
다시는 못 볼 아빠가 너무나 그리워서

고운 내 사람

나비 요정

푸른 숲의 요정이면
바다가 부르는 길로 갈 수 있겠지
꽃보다 아름다운 요정이면
맑은 하늘 손짓하는 길로 떠날 수 있겠지

푸른 숲 나무 꽃 바람결에 나부끼는
나비 요정이 되고 싶어
바다로 하늘로
푸른 날갯짓 하며 날아오르는
나비 요정이 되고 싶어

멋진 인생

모자람이 많았습니다
그것도 모르고 기뻐했습니다
이제서야 깨달았습니다
부족함이 넘쳤었다는걸
처음부터 알았으면 좋았을 걸 그랬습니다
그렇지만
처음부터 주는 기회는
달콤하지 않을 것 같습니다
모자람으로 배워지는
깊은 뜻을 모를 수도 있으니까요

실패는 아팠습니다
그 또한 지나는 거라 생각했습니다
그러나 알았습니다

고운 내 사람

노력이 부족했다는걸

너무 늦은 것 같았습니다

그렇지만

지금 이 순간 가장 소중한 것은 시간이란 걸 알았습니다

실패한 경험으로

최고의 성공을 배우게 된

멋진 인생이 되었습니다

4
부

———

나무와 별

이 가을에 뭐하니?

낙엽이 뒹굴잖아
가을인가 봐
나도 가을 타나 봐
너는 이 가을에 뭐하니?
보고 싶다

고운 내 사람

나무와 별

나무가 별을
별이 나무를
서로 좋아해요
세상에는 볼 것이
수도 없이 많지만

나무와 별을
볼 수 있고
느낄 수 있는 건
살아가는 동안
얻을 수 있는 행복입니다

함께 하는 이유

이제 함께할 사람이 생겼습니까
네
지금 이 순간의 느낌을 잊으시면 안 됩니다
네
살다 보면 헤어질 이유도 생깁니다
네
그러나 그것은 곧 지나갑니다
네

함께하는 이유는
즐거운 인생 행복한 사람으로 살기 위해서입니다

살다 보면 아쉬운 것도 많습니다
쓸어안고 다독이며 함께하면 됩니다

고운 내 사람

혼자보다는

함께 해주는 당신이 있어

든든한 것입니다

석류나무

햇발을 삼켜버린 석류나무 열매
빨갛게 빨갛게 익었네
겉껍질은 단단해
알알이 톡톡톡 붉어진 속
여린 아이 엄마 같구나

아주 작은 아이는 찾았네
석류나무꽃과 열매
넓은 세상 속
초록 나무 붉게 벌어진
석류나무 뜻을 알았네

붉은색 터질 듯한 열정이
아름다운 작은 아이를 키웠다는걸

고운 내 사람

상사화

달빛이 바람을 타고
창문 사이를 뚫고 들어와
내 볼을 비추면
그대 손길이 내 곁을 떠나요

그대의 곱던 얼굴이 그리워지는 날에는
창가에 놓인 꽃병에 상사화 한 송이
꽂아 놓아요

그대와 나는 이루어질 수 없는
운명인가요
한 몸으로 태어나
서로가 곱던 모습을 볼 수 없는 꽃과 잎처럼

후회

잘난 척하고 걷다가
지나쳤지
목에 힘 좀 주고 싶었겠지
다시 돌아가야 하니
후회스럽지 않겠는가

고운 내 사람

가시

그대여
밤하늘 별보다 더 많은 시간을
생각했습니다

별보다
더 반짝이는 그대는
심장에 박힌 가시로 영원히 박혔습니다

달의 저녁

달뜨는 밤이면
매 난 국 죽
하얀 손수건 위로
검은 붓 춤춘다

달지는 시각에
애가 타는
거문고 소리
떨쳐지는 매화꽃 연정

깊은 잠에 스며든
임의 향기
이 몸 저 몸 눈물방울 새겨졌네

고운 내 사람

청산에 까치 울어대고
쪽진 비녀
황진이 모습이구려

달 속에 흐르는 임이시여
한 송이 국화는 처연하구나

청산에 지는 달의 저녁은
죽나무에 집을 짓는
까치 소리만
들리는구려

이 몸의 갈 곳은

모진 풍파 온몸으로
천년만년 살려거든
산 녘 저편 먼동이 떠오르고
아미타불 앞에 천만번 엎드려
비나니 두 손 모아 진실만을
빌어주시오

신라의 달밤을 흥얼대며
밟는 옛 고을
잃어버린 꿈 모진 시련
창공으로 흩어져도
고요한 아침은 밝아온다

고운 내 사람

촛불 공양 간절하게 소원 비나니
그 모습이 애처롭고 불쌍하다
놓을 수도 없는 질긴 업보 밟고 메고
아미타불 앞에 엎드려
천만번을 내려놓아도
이 몸의 갈 곳은 정한 곳이 없더라

잘 가시오

난 울었네
흰 눈마저 슬퍼지도록
목이 터져라 피를 쏟았네
못 이룰 내 꿈이여
내 슬픔이여

수북이 쌓이는 눈
내 몸 깊숙이 젖어들 때
처절한 애달픈 뿌리침
나는 알고 있네

미운 그대 잘 가시오
부디 잘 가시오

고운 내 사람

언젠가 마주할 그곳에서
내 맘 슬프게 하지 마오
기다리고 기다리면
날 비로소 만나리오

너를 보았다

하늘 끝에 대롱대롱
매달린 너를 보았다
그러니
널 만질 수 없다

고운 내 사람

휘리릭

버스 창문이 뚫린다
밖에서
살구꽃이 웃고 있었다
눈이 마주쳤다
너의 화사한 눈웃음
그 아름다움과
순간 지나가는
울컥함은 무엇일까

휘리릭 휘리릭

어느 시간

어느 시간이 되어
멈췄다면 별다른 이유 없음
세상 예쁜 건 꽃
시간 흐르는 것 왜
그저 그런 나그네의 시간
뭐 그리 걱정일까
뭐 그리 할 일이 많을까
힘이 들 땐 잠시 멈춰
크게 한번 숨쉬기

고운 내 사람

나무의 사랑

나무에 매달린
잎사귀는 울었다
떨어지지 않게 잡아달라고
무심한 나무의 사랑에 울었다

또다시 매달리는
잎사귀에 추억을 주겠지만
바람 부는 시간 되면
또다시 울겠지

등대지기

태양이 내리쬐는 검푸른 바다
고요한 적막
해바라기보다 더 큰 입으로
미소를 지으며
꿈을 꾸던 그대여
바다의 시퍼런 파도에 그 큰 꿈들을 실어 보냈죠

안개 걷히면 뿌옇게 보이는
섬의 등대지기
바위틈에 가까스로 피어오른
노오란 들꽃의 향기를 뿜으며

사랑하는 그대여
내가 사랑하는 그대는 늘 곁에 있는 거라오

고운 내 사람

안녕 말하지 마오
오직 그대 가슴속에 피어있는
해바라기가 되고 싶소

내가 사랑하는 태양과 섬의 등대지기
검푸른 파도 위에 뿌려버린
거침없는 열정 안녕 말하지 마오
그저 죽도록 사랑한다고만
말해주오

행복이 꽃피는 나무

발길마다 무거움이 느껴지고
저마다 내뱉는 무서운 말
각박한 이 뜰에 무엇을 심어야 할꼬

나는 나무를 심고 너는 꽃씨를 뿌려라
먼 훗날 나무에 열매가 달리고
맨땅 위엔 평화의 꽃이 필 것이다

울부짖는 소리에 눈을 떠보니
보는 이마다 노하는구나
메마른 이 땅에 무엇을 심어야 할꼬

나는 땅을 일굴 테니 너는 노래를 불러라
다가올 날 땅 위엔 행복이 꽃피는 나무가 자라고
기쁨과 환희가 울려 퍼질 것이다

능소화

어찌 그리 이쁘다냐
담벼락에 붙어있는
능소화야
철새에게 보낸 사연
올 때마다
주홍빛 얼굴들이 붉어지는구나

어찌 그리 피었다냐
죽은 나무 꽃피우는
능소화야
금의환향 기다리는
길목에서
머리에 능소화가 기뻐하는구나

어머니는 그날 춤을 추었네

어머니는 그날 춤을 추었네
무슨 날이었을까
분명 좋은 날 같았네
어설픈 춤 자락이 왠지 서글펐네

막걸리 한잔 마시고
그 순진한 얼굴이 더욱 순진하게 보였네
내일이 되면 쑥스러워 얼굴을 붉히지 않으실까

오늘 서럽게도 춥네
따뜻한 난로에 온기가 도니
그날이 문득 그리워지네

세상 어느 것도 어머니와 비교할 수 없네
오늘도 어머니가 춤을 추시네

고운 내 사람

배롱나무

칠월의 여름
거리는 초록으로 물들고
가로수 옆 배롱나무는
흔들림 없는 모습으로
내 사랑을 기다린다

그리움 안고

조용히 타오르는 촛불의 눈물
이 가슴 다 타도록 그리움 안고
매일 밤 보고 싶은 당신의 모습
이 가슴 애타도록 그리움 안고
오늘도 그대 모습 보고파 우네

고운 내 사람

꽃과 나

고개 숙인 너
살짝궁 살랑대는 너

살며시 다가서는 나
괜히 부끄러운 나

고요한 눈빛
그사이 바람은 횡하니
지나가네

똑똑똑

늦은 밤
똑똑똑
빗소리
서글퍼
울어요
똑똑똑

고운 내 사람

꽃을 닮은 사람

아침 햇살처럼
환한 사람이고 싶다
가진 게 없어도
말로 하는 복을
나눠 주는 사람이고 싶다
인내하고 참을 줄 아는 사람
바람에도 시를 쓸 줄 아는 낭만이 있는 사람
아무 길에서 만나더라도
향기를 날릴 수 있는 사람
그런 꽃을 닮은 사람이고 싶다

꽃이여

청초한 꽃이여
지나간 것은 지나간 대로
아련한 추억은
하염없이 그리움으로
살아가리니
후회 없는 꿈을 꾸었다고 말해주세요

고운 내 사람

너의 이름이 청춘인가

너의 이름이 청춘인가
넓은 세상을 꿈꾸며
하늘 위로 올랐다
오색 빛의 날개를 달고
하늘을 만났다

찬란하게 빛나는 젊은 날이
태양을 만났다
뜨거운 태양 속을 비상하는
너의 이름이 청춘인가

별아

모두 숨었네
별아 별아 어디가 아픈 거니
모두 잠든 밤 날 보러 나온다고 했잖아
하고 싶은 말이 많았는데
별아 네가 안 보이니까 속상해
무슨 일일까

모두 자나봐
별아 별아 진짜 아프구나
오늘 밤 하고 싶은 말이 많다고 했잖아
이제 누구에게 말해
별아 네가 없으니 외롭잖아
무슨 일이 생긴 걸까

고운 내 사람

별아 별아
내일은 꼭 나올 거지
난 내일도 널 보러 나올 거야
아프지 말고 내일 만나자
별아 너에게 하고 싶은 말이 있단 말이야
자 그럼 약속하는 거다

별처럼 빛나는 너

오늘 밤에도
별에게만
알려 줄 거다
별처럼 빛나는
너를
가슴에 새긴다고

고운 내 사람